KB140285

그 후로 오랫동안

도서출판
작가마을

그 후로 오랫동안

초판인쇄 | 2017년 9월 1일 **초판발행** | 2017년 9월 10일
지은이 | 최봉섭 **주간** | 배재경 **펴낸이** | 배재도 **펴낸곳** | 도서출판 작가마을
등 록 | 2002년 8월 29일(제 2002-000012호)
주 소 | 부산광역시 중구 대청로 141번길 15-1 대륙빌딩 301호
　　　　　 T. 051)248-4145, 2598 F. 051)248-0723 E. seepoet@hanmail.net

국립중앙도서관 출판예정도서목록(CIP)

그 후로 오랫동안 : 최봉섭 시집 / 지은이: 최봉섭. — 부산 : 작가마을, 2017
　　　p. ;　　cm

ISBN 979-11-5606-078-9 03810 : ₩10000

한국 현대시[韓國現代詩]
811.7-KDC6
895.715-DDC23　　　　　　　　　CIP2017022139

본 도서는 부산광역시, 부산문화재단 지역문화예술특성화사업으로 지원을 받았습니다.

그 후로 오랫동안

최봉섭 시집

유년시절부터

오늘에 이르기까지

참으로 많은 시간이 흘렀다.

그 세월을 살아가며

내 마음 속에는

언제나 시의 싹이 움트고 있었다.

시를 써야 한다는 꿈을

버릴 수 없었다.

이제 그 첫 단추를 끼운다.

2017년 가을 들 무렵

최봉섭

최봉섭 시집

• 차례

그 후로 오랫동안

최봉섭 시집

그 후로 오랫동안

제1부

새벽길

이른 새벽길을
나는 걸었습니다
아무도 없는 외로운 길을
나는 걸었습니다
그도 그럴 것이
그대가 없는 새벽길을
그대 집 앞으로 걸었습니다
당신 없는 새벽길은
정말 외로웠습니다
그래도 저는 걸었습니다
외로운 새벽길을.

거미줄

아침에 나가보니
승용차 사이에 거미가 집을 지어 놓았다
뱃속에 실을 다 토해내어
거미는 허전한 뱃속을 채우기 위해
먹이를 기다렸다
한 마리도 걸리지 않았고
배가 고픈지 한쪽에 웅크리고 있다가
바람에 흔들리는 나뭇가지의 그늘을 보며
낯선 차를 엮어 구름다리를 걸쳐놓았다
복잡하고 혼란스러워 줄을 끊어야했다
바람이 세차게 불고 모래성은 무너졌다.

기찻길

베개 베고 누운 사다리
평행선을 달린다
경부선 종착지 부산역
계단을 오르면 시작 혹은 끝을
기다리는 애환의
마음들이 모여 있다
녹슨 철길가 노란 민들레꽃
기차에 부딪힐까봐 땅에
납작 엎드렸다.

문조

횃대에서 하얀 새가
춤을 춘다
빨간 부리는 립스틱을 바르고
어두운 조명 아래서 눈웃음 짓는다
생기가 돌고
그릇에 물이 없어 질 때까지 헤엄친다
허공을 자르는 소리에 귀를 세우고
먹이 앞에서는 조용하다
출구 찾으면서 눈으로 바라보고
엎드려서 탈출을 꿈꾼다
기품 있는 이의 체면은 간데없다
집으로 갈 때는 라이트를 켜고
고개를 돌린다
보금자리를 만들어
털 없는 빨간 몸이 꿈틀거린다
수컷들은 양육하느라 바쁘다.

봄비가 내리면

봄비가 내리던 날
여린 꽃잎이 눈 밑으로 흘러
시야를 흐릴 때 내게 살포시
다가와 우산을 씌어주던
그녀가 있었다
양 볼이 발그레 해진 그녀는
활짝 핀 찔레꽃 이었다
우산 꼭지에서 흐르는 은구슬
흰옷 날개에 빗살 문양을 그렸다
비바람에 떨어진 꽃잎을 밟을 때는
융단 위로 걸어가는 듯 했고
비 그친 운동장에는
물안개가 피어오르고
모래알들은 보석처럼 반짝거렸다
교정의 버드나무에 실바람이 일면
하얀 솜털 눈이 내 머리 위로
흩날리던 모습이
내 가슴에서 지워지지 않고
봄비 내릴 때마다
여운은 그리움으로 남는다.

붉은 장미

철망에 갓 피어난 브래지어 두 송이
나를 바라보고 있다
한 쪽은 수줍어하고
저쪽은 부끄러워한다
바람이 높이 걸린 꽃송이를
벗기지 못하는 것은
옹이가 맛보고 있기 때문이다
네 가슴 바게트의 촉감은
부드럽고 말랑하다
저녁노을
너를 화끈 거리게 하고
어둠 속으로 사라진다
아침 햇살은 너의 잠을 깨우고
두 볼을 빨갛게 물들인다
벽을 타고 오르다가 멈추는 것은
하나의 몸에 두 개의 가슴을
걸어놓기 위해서이다.

들국화

강변 자갈밭에는
초록별이 움트고
물살은 숨을 죽이며
강줄기의 수위는 낮아져
목마름의 기다림은
길어진다
너는 안개비에 젖어
새벽을 열고
서리는 꽃대를 깨운다
가녀린 꽃잎은 원을 그리며
너의 얇은 미소가
온 들판에 바람으로 퍼지고
꽃받침은 햇살을 흔들어
보푸라기로 일어선다
강 건너 오솔길 샛별은
밤이 새도록 하얗게
떨어진다.

열매

너는 처음 화분에 뿌리를 박았을 때
실바람에 흔들리는
가녀린 꽃대였다
몸의 변화가 일어
하얀 꽃들이 매달렸다
파란 고추가 가늘게 맺히는 동안
허기진 새는 풋고추를 즐겼다
대궁이는 너를 지키기 위해
수맥을 쉼 없이 뽑아 올려
가을 옷으로 갈아입었다
너는 홍조 띤 얼굴로
튼실한 열매를 자랑했다
네 알찬 마음을 따다가
두꺼운 햇살을 빚어낸다
눈물을 흘리며 매운 흙을
가꾸는 너의 노동을 통하여
너는 푸른 하늘을 가슴에 안는다.

우산

가을비는 너의 온몸을
적신다
젖은 눈빛은 속살을
훤하게 비추고
너는 빗발치는 화살의
촉이 닿는 것을 즐기고 있다
바람은 순식간에 너를 뒤집어
스스로 부끄러워한다
갑자기 쏟아지는 빗물은
비의 그리움을
손으로 쓸어 올리고 있다
너의 넓은 그늘에 앉아
커피 한 잔의 온기를 느낀다
찻잔에 이는 뜨거운 안개는
네 몸에 스며들어 서로의
눈빛을 보며 물이 올라있는
너를 보듬어 말리고 있다.

세렝게티의 사자

탄자니아 국립공원에는
수사자의 포효하는 소리에
초원이 적막하다
도전자와 방어자가
한판승을 겨룬다
도전자의 갈기가 패자의
영역에 깃발로 꽂히면
기존 새끼들의 운명은
승자의 몫이다
강자만이 살아남는 것이
이들의 세계다
한 생명이 죽음으로 다른
생명이 살아간다
사자는 낮은 자세를 유지하고
기습 공격으로
먹이 사슬 최고의 반열에 오른다.

이팝나무

가로수는 하얗다
차선은 하얗다
가녀린 소녀는 하얗다
쌀 나무인가 보다
안개는 너를 가린다
바람이 쓸어간다
꽃은 잎을 덮고
잎은 꽃을 덮는다
나는 연민을 느낀다
눈꽃은 해마다
유전자를 기억한다.

그 새가 보고 싶다

꽃바람 소리에 일어나
그 섬에서 날아오다가
떠돌이 새에게 부딪혀
왼쪽 날개에 상처를 입고
마음 아파 하던 새
아픔을 딛고 휘파람새의
연주에 맞추어 살구 꽃잎을
입에 물고
이 가지에서 저 가지로
폴짝 폴짝 뛰면서
자이브를 추던 호금조
땀을 식히기 위해
바위샘에 풍덩 뛰어들어
날개를 파닥 파닥 거리면서
목욕을 즐기던 그 새
지금은 어디서 날고 있을까.

곤줄박이

둥지를 떠나 이사하던 날
땅에 떨어질 듯
평형을 유지하던 너
공중에 댄서가 되더니
숲속 정원으로 돌아와
햇살 조명을 받으며
꽃잎을 입에 물고
고목나무 가지 위에서
현란한 춤을 추던 너
상쾌한 목소리로
노래를 부를 때마다
나의 귀를 즐겁게 해주고
내 마음을 설레게 하던 너
무지갯빛 색깔로
바람의 언덕을 비행하던 너.

치타

너는 단거리 육상 선수다
흙먼지를 뿌옇게 낸다
관중들의 시선을 끈다
너를 따라 갈 자는 아무도 없다
톰슨가젤도 따돌린다
단거리를 뛰고 나면 숨이 가쁘다
가젤 목에 너의 입김이
이빨 사이를 뚫고 들어간다
숨이 차서 먹이를 반도 못 먹고
강자에게 뺏긴다

적과

나는 무장산 기슭에
사과나무로 뿌리를 박았다
쇠말뚝에 의지하여
일정한 간격으로 자랐다
몇 해가 지나면서
열매를 하나 둘 달기 시작 했다
지금은 가지가 휘어질 정도로
달았다
충실한 열매를 한 알만 남기고
부실한 열매를 잘랐다
약한 개체는 밤하늘의
별똥별 같았다
전지가위는 풋사과인
나의 목을 노렸다.

발레리나

하얀 드레스를 입고
별빛 조명아래
발레를 추고 있다
매끄러운
손이 맞잡고 있는
짜릿한 전율
상기된 얼굴이다
너의 심장 뛰는 소리가
발레리노 귀에 들린다.

여왕벌

너는 땅콩 집에서
왕유의 맛을 안다
그믐부터 보름달이 뜰 때
달빛을 보고 집에서 나온다
낮 시계가 두 번 울리면
너는 향기로 남자를 유혹한다
짜릿한 순간을 맛보고
집으로 돌아온다
식구들은 네가 돌아오면
안도의 날숨을 쉬고
너는 청소된 방을 찾아
유전자 카드를 꺼내든다.

마라강의 누떼

강 건너 초원이 그들을
부른다
마라 강이 앞을
가로 막고 있다
그들은 풀냄새에 이끌려
마침내 물을
건너기로 하였다
강 깊은 곳에는 태곳적
괴물이 살고 있다
그들은 강둑에서
강을 바라본다
생의 가장 긴 시간이
흐른다.

제2부

동백섬의 토끼

암반으로 바리케이드 친

동백섬

파도의 리듬은 암반을 오르기 위해

손을 내밀어도 닿을 듯 말 듯

애만 태운다

잔디밭 토끼들은 밥을 먹느라

관객에게는 무관심 한 듯 눈만 말똥

코만 벌름 거린다

아기는 집토끼인 줄 알고

흑 토끼를 만져 보려는데

옆에 있던 흰 토끼가 놀라서

빨간 전조등 켜고 뒤 발통 들고 띈다.

바람

이른 새벽에 나는 산행을 한다
스르르 내게 다가온 어둠의 그림자
온몸에 소름이 돋았다
바람이 비닐봉지에 갇혀서
배가 불룩 하였다
비닐봉지를 들고 털어 버리니까
바람은 쏜살같이 달아나고
시커먼 비닐봉지는
다른 바람이 낚아 채갔다.

을숙도의 겨울

창가에 와 닿는 성에는
차디찬 겨울의 함성
낙동강 칠백리를 끌고 온
물결의 소리가
유리창에 무늬로 얼었네
한 쌍의 청둥오리는
은빛 반짝이는 물결 따라
애써 겨울을 몸부림치며
을숙도에 둥지를 트네
고독을 안겨준 나에게
당신의 마음이 얼지 말라고
성에는 햇살을 향해 미소를 짓네
이제는 꿈의 조각으로
찬란한 태양처럼 부서지는 회상들
내 가슴에서 섬으로
을숙도의 겨울은 지울 수가 없네.

입추

가을이 입추를 낳느라 얼마나
힘을 주었던지 아직도
땀이 흥건하다.

청송의 가을

실개천의 솔 씨를
먹으려 피라미들은
요동치며 물을 흔든다
능금은 무장 산을
물들이고 잎은
열매 뒤로 숨는다
스피카에서는 감미로운
음악이 흐르고
배고픈 딱새는 음악이
꺼지기를 기다린다
주왕산이 파스텔 톤으로
물들면 끝물 고추는
서리를 기다리고
서리 맞은 국화는 적송의
그늘에서 눈을 뜬다.

항아리

언제나 끊이지 않는
너의 숨결에는
가슴 가득
태곳적 어둠이 깃들어 있다
결코 밝히지 못하는 비밀을 안고
네 발자국은 육중한 맵시를 다독인다
한껏 밀어도 꿈쩍 않는
너의 육신은
연골의 균열로 흔들릴 때
긴 잠에서 깨어나는 하늘을
내장 깊이 끌어안는다
호젓하게 벌어진 입술로
자정이면 별빛이 쏟아져 내리고
여름 한나절
정겨운 벌레들이 달려 나온다
납작 엎드린 너의 어깨에
나른한 정적이 배어 들면
외로운 남자들의 그리움이 피어난다
애틋하게 누군가를 기다리는

너의 눈빛이 늘
쓸쓸한 네 허리로 흘러내린다
너의 외면하지 못하는
나의 오랜 갈망으로
오롯이 탁자 위에 앉아 있다

찔레꽃

실개천이 흐르는 강가에
너의 짙은 향기가 나의
오감을 자극한다
허기진 딱새는 빨간 열매를 마음껏
흔들며 음표를 그려 넣는다
밤하늘의 별은 너의 얼굴에
하얗게 내려앉고 있다
아침 햇살은 바다 건너 있는
너에게 미소를 보낸다
그 섬 분교 유리창에
비춰진 네 모습이
언제 부턴가 내 마음속에서
하얀 꽃으로 피어오르고 있다.

바다

바다는 해운대 바다
사람들은 백사장에
수많은 발자국을
찍는다
파도는 모래밭 수많은
발자국을 지운다
뱃고동 소리는 고요한
바다의 정적을 깨운다
바람은 파도를 치게 하고
저녁노을은 바다를 붉게
물들인다.

동백섬

바다에 떠 있는 작은 잎새 하나
너를 떠나지 못하고 있다
해운 선생이 누리마루에 앉아
신라의 국운 혹은
현세를 걱정하고 있다
동백꽃이 피면 동박 새떼들이
그 향기를 날개에 싣고
동해 바다를 날아오른다
숲속 오솔길에는 낯선 언어들이
나의 귓전을 맴돈다
물에 비친 네 모습은 언제나
청량한 공기가 그리운
푸른 섬으로 떠오르고 있다.

동백섬 I

멀리서 바라보면 거북이가 알을 낳고
먼 바다로 돌아가는 듯
동백섬 누리마루는 태평양을
내딛는 해운대의 상징
동백꽃 향기가 봄바람을 타고
먼 바다로 날아오르는 곳
해송 가지에 매달린 솔방울은
봄바람에 기지개를 켜고
해안가 절벽에 핀 동백꽃들
거북등에 피었네.

동백섬 Ⅱ

바다에 둘러싸인 너
너를 보기 위해 관객들은
해안 길을 걷는다
동백섬 축소판 하우스는
관객의 발길을 멈추게 하고
해송 가지에 매달린 솔잎은
옹이를 감싼다
해안가 절벽에 열린
동백 음표는 풀벌레 소리에
가늘고 길게 떨린다.

청설모

어둠이 시야를 가릴 때
내가 걷고 있는
오솔 길에서 검은 그림자가
움직였다
머리카락이 쭈뼛 섰다
청설모가 내 머리 위로
날고 있었다.

오솔길

이른 새벽길을 닭울음 밟고 걸으며,
아무도 없는 외로운 오솔길이
나를 따라 걷습니다
풀잎들이 수화로 노래하고
내 발자욱에 또 씨앗을 뿌리는
바람 길을 걷습니다
당신 없는 새벽길 그 속에
오솔길은 수많은 사람을 불러 오기에
나는 오솔길이 되고 싶습니다.

반딧불

파란 신호등이 깜박 깜박
거린다
내 눈앞으로 왔다 갔다 하면서
시야를 흐리게 한다
어두운 밤에는
너의 불빛으로 시를 쓴다
밤하늘의 별처럼 반짝 반짝
거린다
너는 어두운 밤의 등불이다.

여름 속에 겨울이 산다

겨울이 출구를 찾지 못하여
잣밭골 돌너덜에 갇혔다
여름이 돌을 던지자 겨울 문이
깨어지면서 찬바람이 쏟아졌다
뜨거운 바람이 싸늘한 허공을 만나
차디찬 얼음을 쌓았다
얼음은 낙엽 이불을 덮고
돌너덜에서 쑥쑥 자란다
매미 소리가 떠나지 않은 동안
여름 속에 겨울이 살며
하얀 눈동자를 반짝 거린다.

다슬기

너는 물새 꽁지 까딱 거리는
돌다리에 자리를 잡았다
소용돌이치는 물은 너를 떼어
놓으려고 애를 쓰지만 꼬인
몸으로 버틴다
너를 노린 자들이 툭 치면
죽은 척 하다가 하얀 조약돌에
가서 검은 돌을 만든다
깨끗한 물은 네가 오기를
한없이 기다린다.

초롱꽃

어느 외딴섬 풀숲에 홀로 서있다
햇살이 종을 비춰줘서 훤하다
바람은 종을 흔든다
종 전체가 흔들린다
흔들어도 소리가 나지 않는다
마음의 종소리가 내 가슴을
울린다.

오리 샴푸

잘린 부리에 손이 닿으면
은구슬을 토해내고
구슬로 머리카락을 문지르면
생기 있는 눈꽃이 피어난다
빗물은 눈꽃을 말끔히 지우고
제자리로 돌아가는 너의
머릿결이 한결 가벼워졌다
너는 거품을 일으켜
만데빌라 꽃을 피운다
손등에 입을 맞춰
어디선가 들던 소리
가슴속으로 여울져 흐른다
언제나 네 화장실에는
오리 우는 소리 들리고
아침마다 먹이를 보챈다.

제3부

어머니

겨울이면 어머님은 얼음 구멍으로
냇가에서 손빨래를 하시고
여름에는 멍석 위에서 저녁을 먹고
그 자리에 누워 밤하늘의 별을
세곤 하였지요
유년의 시절이 파도처럼
밀려옵니다
자식들을 위해 일만 하시다가
일찍 하늘나라로 떠나신 것이
못내 가슴 아픕니다
생전에 어머님 모습이 들꽃으로
피어납니다 내가 가는 그날도
들꽃은 피겠지요.

그리움

청초한 너의 눈동자에
나의 작은 가슴 적시던 날
난 조심스레 밤하늘의
별이 되고 싶었지
초연한 그대 모습 잊고자
애써 눈을 감으면
지난날 그대의 향기가
내 마음에서 떠나지 않네
그럴 때마다 난 사랑이라는
진실을 생각하고
설레는 마음을 감추었지
그대 사랑스런 그 모습
이젠 밤이라 볼 수 없고
하얀 밤이 온 다해도
오직 침묵으로 답할 뿐.

늦여름 생각

더위를 피해간
폭포수에는 냉기가
얼음 꽃을 피우고
낮은 울타리 위로 피워 올린
연분홍 접시꽃은
립스틱을 바르고 서 있는 꽃 여인
봉숭아 꽃잎을
물끄러미 바라보는 소년은
어릴 적 여자아이와 부부 소꿉놀이
생각에 부끄러워 얼굴 빨개지고
큰길가 나뭇가지에 앉은 왕눈잠자리
인기척을 아는지 모르는지
떠날 줄을 모른다
뙤약볕 늦여름 희미한 기억들이
창가를 스치며
나에게서 멀어져만 간다.

국화 찻집

물길 따라 날던 학 얼음골
국화 꽃잎에 내려 앉아
지친 날개를 접는다
창밖으로 보이는 붉은 소나무
외로운 발길을 멈춰 세운다
물 끓는 주전자는
끊임없이 파도소리를 내고
더운 안개는 피어올라
찻잔에 입술을 부빈다
서로 마주 앉아
이야기꽃을 피우던
의자는 비어있고
또 다른 손님들이 와서
향기의 가장 짙은 눈빛
유장하게 기울이기를 기다린다
국향 가득 서린 탁자 위에
다시 학 한 마리 태어나는
태곳적 찻잔이 꿈꾸고 있다.

숙이의 미소

꽃나무를 심어 가꾸려다
가시에 찔리는 아픔도 있었고
들 꽃 같은 삶을 향하다가
흔들림도 있었다
터널이 길게 느껴지는 것은
끝이 보인다는 것이고
슬픔이 사라진다는 것은
기쁨이 가까워진다는 것이다
꽃 속에 숨겨진 하얀 미소는
잔잔한 유혹이었고
가시 속에 가려진 꽃잎은
빨간 장미였다
당신의 따뜻한 미소가
꽃 눈 속에 가려진다 해도
오랫동안 내 가슴에
하얀 꽃으로 피어났으면 좋겠다.

홍차

차밭에 파란 이파리들이
나를 바라보고 있다
앞줄은 수줍어 보이고
뒷줄은 부끄러워 보인다.
저녁노을은 너를 화끈거리게
만들어놓고
어둠 속으로 사라진다
아침 햇살은 너의 꿈 속 같은
잠을 깨우고 두 볼을 빨갛게
물들인다
하늘을 향해 오르다가 멈추는 것은
하나의 몸에 여러 개의 잎을
달기 위해서이다.

창

차창에 와 닿은 봄비는
겨울을 보내는 아픔의 눈물인가
브러쉬는 쉴새없이 물방울을
닦지만 눈물이 그치지를 않네
마차가 을숙도 교량을 지날 때는
갈매기가 가로등과 짝을 이루어
슬며시 손을 잡고 역류하는 저 눈빛
은백색의 커피 잔을 받쳐 든 목련
창 안에 남자가 받아주기를
바라네.

헤어숍

머리카락이 자라면
그녀는 언제부터인가 거울을
자주 보는 습관이 생겼다
벼르장머리를 고치러
반짝이는 네온사인
불빛 속으로 들어간다
너의 매력은 헤어스타일에
있어 긴 머리를
몸짓으로 쓸어 넘기는
것이었다
디자이너는 생각을 입힌 후
그리움을 자른다
햇살은 기쁨을 불어넣고
검은 머리를 갈색 톤으로 만든다
세련된 헤어스타일에
나의 눈빛이 멈춘다
윤기 나는 머릿결이 바람에
찰랑거리고 환한 가슴이 설렌다.

가시나무

너는 절벽에서 숲의 피뢰침으로
우뚝 섰다
벼락은 예리한 빛을 타고
낮은 곳으로 가는 것을
물방울에게서 배웠다
해풍은 뾰족한 눈빛을 갈아서
허기진 오목눈이를 감싸준다
너의 눈시울은 터널에서 나오는
자동차의 불빛을 노린다
일생에 단 한번 우는 가시나무 새는
너를 향해 날아간다
화살에 찔리는 순간
음표들이 심하게 흔들리고
청아한 멜로디가 숲을 울린다
바람은 열매를 떨어뜨리고
땅은 너의 유전자를
호주머니에서 만지작거린다.

목련꽃

긴 겨울 부엉이
울음에 봄이 온다
목련 나무 가지에
별이 맺힌다
내 마음 속에서
하얀 별꽃이 핀다
창백한 너의 모습이
오랫동안 떠오른다.

팔색조

화려하게 입은 의상에
내 눈이 휘둥그레졌다
너의 둥지에는 눈을 감은
새끼들이 입만 크게
벌리고 있었다
너의 입에 물린 지렁이는
막춤을 춘다
내가 보는 줄도 모르고
날개 파닥 거리면서
물방울 털던 너
새끼들이 이소하던 날
너는 울고 있었다.

가을 속으로 걷는 여자

산 넘어 새털구름은
여름을 밀어내고
가을 지도를 그린다
외로이 갈대밭 사이로 거니는
그대 뒷모습은 장미가
꽃망울을 터뜨릴 때만큼
아름답다
둘레길 모퉁이를 돌때는
긴 치맛자락이 회오리바람에
날리기도 하였으며
보이지 않을 때는
그대 향기와 발자국 소리만이
가을 속에 남는다.

그 후로 오랫동안

시 나무는 그 후로 오랫동안
내마음 속에서 시의 꽃으로
피고 있었다.

들국화 1

강변 자갈 사이로 홀씨가 움트던 날
스치는 바람도 날리는 잎사귀도
숨을 죽였다
가뭄에 타는 듯한 목마름에도
인내하며 강한 돌풍에도 꺾이지 않고
오직 혼자였다
인고의 나날 속에
꽃망울을 터뜨리던 날
당신의 미소와 향기가 온 들에 퍼지고
꽃잎이 떨어져도 당신을 사랑하며
당신의 일생을 내 마음속에 묻고 싶다.

청송 얼음골

내 고향 청송 얼음골은
여름과 겨울이 공존한다
석빙고에 들어서면 냉기가
가슴을 파고들고
암반으로 흐르는 젖줄은
선녀가 내려오는 듯하다
먼 여정에 지친 관객은
빙수 한잔에 피로를 씻고
미래를 향한 부동면 내룡리는
여름에 얼음 꽃이 핀다.

동백꽃

찬바람이 너의 온몸을
파고들어야 꽃을 피우고
싶은 매혹을 느낀다
손가락 끝에 꽃망울이
하나 둘 맺히고
아침 햇살은 너를 붉게
물들인다
꽃이 활짝 웃는다
바람은 달콤한 시간을
보낸다
시간은 꽃송이를 툭
떨어뜨리고 땅 위에서는
새로운 꽃이 핀다.

그 여자의 가을

보도 블록 위로 걸어가는
너의 날개깃이
세워져 있다
찻집에서 바라보는
담쟁이 잎은 유난히
불타오르는 듯하다
창밖의 스산한 바람은
가을을 하나씩
떨어뜨린다
마주보는 네 눈에는
이슬이 움튼다.

겨울바다

찬바람은 멍석말이 파도를
해안가로 몰고 온다
갈매기들은 높이 날았다가
낮게 날았다가 추위를 달랜다
관객들은 한적한 바다를
즐긴다
파도소리는 외로움을
혼자 흐느낀다
내 가슴에는 잊을 수 없는
겨울 바다가 있다.

적송에게

너의 손을 맞잡으며 휘도는 품새를 짓는다
발갛게 물드는 홍조가
네 심장의 박동소리를 돋우고
날카로운 솔잎들을 빤짝이게 한다
너는 키가 훤칠한 발레리나
지금 억센 발레리노가
네 황홀한 몸짓에 매혹되어
숨결이 점점 빨라진다
바람 부는 날
너는 검붉은 드레스를 걸치고
신명나게 발레를 추고 있다
아늑한 별빛 조명을 받아
한껏 우아한 춤사위가
허공을 휘젓는 꿈을 싣고 온다
거친 손놀림으로
숲을 쓰다듬는 몸맵시가
너는 하늘의 일정한 빛깔로
바다를 눈멀게 하고
끊임없이 노을을 무너뜨린다.

제4부

환승

멀리 보기 위해서 높이 나는 갈매기
컨테이너선 뱃전에 앉아서 오다가
여객선으로 갈아탔다
항구에 도착하니 마차가
나를 태우러 왔다
마차타고 철송장으로 갔다
화물열차 타고 서울 도착하니
다른 마차가 왔다
내 삶의 환승

자동 세차기

아라산 사막에서 모래 바람이
험준한 산맥을 거침없이 넘어온다
국경 수비대는
흙바람을 막아 달라고
무전기로 송신한다
비는 자동차에 얼룩무늬를
험상궂게 그린다
차량들은 목욕탕으로
앞차의 그림자를 따라간다
터널 입구에 들어서면
거친 소나기가 내리고
하얀 포말이 일어난다
나는 엠알아이 안에서 내장 찍는
소리에 불안한 마음을
감추지 못한다
순간 악어는 반질한 알을 낳고
햇볕 쪼이러 제자리로 돌아간다
녹색 신호등은 출발해도
좋다는 신호를 보내고
엔진은 스스로 출력을 높인다.

부산여상

바다제비는 금련산 자락
오리나무에 날아왔다
창가의 햇살을 받으며
꿈을 향해 지식을
쌓아가고 있다
온실의 화초는 선생님의
보살핌을 받고 자라
훗날에는 세상에
홀로 서야한다
강한 태풍을 버텨야 하고
목표에 도달하려면
자신과의 싸움에서
이겨야 한다
꾸준히 노력하다 보면
꿈은 이루어진다
봄을 기다리던 교정의 철쭉은
어느새 꽃망울을 터뜨리고 있다.

장산 풍경

내가 사는 마을은 우이동 아파트
멀리서 닭 우는 소리가
새벽을 깨우면
나는 장산을 오른다
체력 단련 장에는
운동 하는 사람들의
거친 숨소리와
여인들의 이야기로
가득 찬다
철망에 걸려있는
시인들의 시를 읽다보면
풀잎 이슬은
산들 바람에 발등을 적시고
성불사 뒷길 종달새가
날개를 털며
내 소원을 품고
산 정상을 향해
날고 또 난다

장산 계곡 물소리는
내 발걸음을 가볍게 하고
산 향기는 장산을
다시 찾게 한다.

삼강 주막

금천 내성천 낙동강이
삼강리로 몰려드네
민속 문화재 삼강주막
한양 과거길
가다가 날 저 무면 재워 주던 곳
시인 묵객 보부상도 묵어갔다지
주모가 차려준 이빨 빠진 뚝배기
막걸리 한 잔에 근심 걱정이
녹는다
백 년 전
이방에서 묵어간 그 날의 사람들은
지금은 어디서 무얼 하고 있을까.

벌떼 춤

아카시아 향이 여인의 안방에 풍기면
벌들이 들어 와 앵 앵 거리며
그녀에게 춤을 추자고 유혹한다
도시의 꽃나무에 모여드는 벌떼
앵-아침 햇살이 이슬을 녹일 때쯤
앵-앵
자기들의 음악 소리를 내며
원무 춤과 왈츠를 추는 도시의 무법자들
나하고도 탱고를 즐기자고 몰려든다
악기도 없는 벌들의 장단을
쫓아 내려하는 아카시아 꽃잎들이
얼른 알아채고는
날 죽여 버리려 하는 저 살상자들을
꽃바람 우르르 흔들며
피난하라 바람을 불어 준다.

대박 집에 가면

그 집에 가면 밀밭 향기가 솔솔 나며
미소가 예쁜 여 주인이 있고
너와집 을 아는 주방장이 있다
손칼국수를 먹을 때는
옛날 어머니가 국수를 썰고 남은
꽁다리를 알불에 구워먹던
생각이 난다
국수는 어머니가 만들어 주던
음식이었기에
더 친근감이 가고 고향의 맛과
향수를 느끼게 한다
칼국수가 먹고 싶을 때는
그대가 머문 자리
대박 집에 가고 싶다.

으름 나무

너는 담자색 꽃잎을 입에
물고 줄기를 모아
덩굴을 만든다
넝쿨은 국산 바나나를
매단다
시간이 흐른 뒤 바나나는
스스로 입을 벌린다.

가재

너는 버드나무 실타래에 은신처를
만들었다
오랜 세월 샛강을 지배하고
터줏대감 노릇을 했다
너는 옷을 벗으면서 성장하는
법을 배웠다
물안개는 네가 부끄러워
할까봐 몸을 가려준다
아침 해살은 네 몸에
갑옷을 입히고 챙이에 알을
붙인다
물살은 쉴 없이 여울지고
챙이를 까불면 새끼는 곡식
낱알같이 조약돌 사이로 흩어진다.

하이에나

여왕이 무리를 지배하는 것은
오랜 전통이다
살아있는 먹이를 숨통을 끊지 않고
먹는다
사자가 잡은 먹이를 협공 작전으로
뺏어 먹는다
턱 힘은 뼈를 으스러뜨릴 정도로
세다
먹을 것이 없으면 다리 뼈다귀를
물고 간다.

담배

구름과자가 생각난다
심심하고 머리가 복잡해지면
구름과자는 아무리 먹어도
배가 부르지 않다
많이 먹으면 배가 아파온다
오랜 시간이 흐르면
구름과자가 사람을 먹는다.

수벌

너는 뱃속에서
천천히 나가겠다는
꿈을 꾼다
살이 붙으니까 몸이
무거워 진다
눈총을 받으며 밥을
얻어먹는 것이
미안할 따름이다
여인의 향기가
집안에 퍼지면 떼를 지어
여인을 따라 나선다
살 냄새를 맡는 너만
허공에서 사랑을 나누고
늪으로 추락한다.

일벌의 일생

너는 어두운 방에서
문을 여는 방법을 터득했다
강 건너 언덕에 핀 아카시아는
향기로 너를 유혹 한다
너는 반복 음을 내면서
창고에 양식을 가득 채운다
뒷다리에 매달린 꽃가루는
너를 비틀 거리게 하고
착륙 판은 튀어 오른다
잎새에 어둠이 내리면
별을 보며 밤을 새우고
새벽은 너를 집으로 이끈다
은퇴를 하면 경비 일을 하며
죽을 때까지 일하는 근면성을
나는 너에게 배우고 싶다.

오십 천

이끼 낀 바위틈으로
솟아오르는 샘물은
태고의 향수를 풀어주던
서글픈 미소들이었나 보다
머 언 추억 속에
아련히 파문 지는 꿈이
그리웠기에 세월 따라 쌓인
여운이 여기 오십 천이
되었나 보다
그 누가 이름 지었던가
오십 천!
끊일 듯 이어지는
사랑의 여운처럼
여기 오십 천이 되었나 보다.

선거

대통령 후보자들은
제각기 자기가 적임자라고
얼굴을 내밀고 목소리를
높인다
누가 다수가 지목할 만큼
잘생긴 인물인지 나는
고민에 빠진다
큰 그림의 청사진을
제시하고 대한민국을
이끌 인물을 뽑으러
나는 장미꽃이 피는 날
투표장으로 간다.

컨테이너선

먼 바다를 보니 돌섬만 한 배가
포말을 일으키며 나의 시야를
서서히 좁히고 있었다
아주 천천히 내게로 다가오는
배 위에는 성냥갑 같은 오색
컨테이너가 한가득 실려 있었다
부둣가에 접안한 배는 닻을
빠르게 내리고 있었다
출항할 때 뱃고동을 크게 울리면
이항의 갈매기들은 하얀 손수건을
흔들며 이별을 아쉬워한다.

종

유리창에 송홧가루 쌓이는
청송군 부동면 내룡 초등학교
처마 밑에 달렸던 종
어디로 갔는가?
땡땡 우는 그 소리 듣고
교실로 달려가던 아이들
모두 어디로 갔을까
아이들 소리는 산울림의
메아리로 들려오고
종이 매달렸던 자리에는
청송 클라이밍이 서 있다.

트레일러

너의 바퀴는 대한민국 물류의
한 축으로 말 오백 마리가
마차를 끌고 거미줄 망을
뚫고 다닌다
머리와 꼬리 번호가 다르다
무전기로 교신을 하는 마당쇠
날라리 장비는 빈 깡통을 실어준다
네 과속 방지 턱을 넘는 소리에
비둘기 떼들은 우르르 흩어진다
섬의 교량으로 줄타기를 하는 동안
하얀 갈매기들이 배를 몰고 모여든다
바다 건너온 말들이 물을 건넌다
산허리를 휘감아 도는 언덕에 억새꽃이
바람에 흩날린다
검은 고양이가 비틀거리며 지나가고
노면이 조용하다
너의 헤드가 샤시를 껴안으면 한 몸이 된다.

사진감상

책꽂이에 꽂혀있는 낡은 사진첩에는
나와 모든 사람이 살고 있다
사진첩을 넘길 때마다 내 기억들이
걸어 나오고 사라진 얼굴도 살아있다
가슴 저미도록 보고 싶은 부모님
살아 계시는 듯하다
유년시절 염소 우는 소리 들리고
외출할 때 대문 앞에 먼저 나와
기다리던 아롱이 그리고 틈만 나면
새장 문을 열고 탈출하던 앵돌이
내 마음속에서는 아직 살아있다
빛바랜 사진은 지난날을
살아나게 한다.

일터의 하루

빌딩 숲 사이로 활짝핀 벚꽃은
출근길의 마음을 설레게 했다
트레일러는 나의 발자국
소리를 듣고 꼬리를 흔들며
생기가 넘쳐 보인다
배차계의 출발 신호가 떨어지면
안전 운전에 신중을 기한다
백양산 고개를 올라갈 때는
벚꽃 향기가 차 안으로 들어와
기분이 상쾌하다
에메랄드빛 바다가 펼쳐지는 광안대교
갈매기들은 애마 위로 축하비행을 해주고
반대편에서 지나가던 동료는 손을
들어 인사한다.

사슴

겨울 산은 먹을 것을 감춘 지
오래 되었다
너의 배는 꼬르륵 소리를 낸다
소리를 잠재우기 위해서
먹을 것을 찾아 마을로
내려왔다
사슴과 마주쳤다
서로 놀라서 마주보고
서 있었다.

아들에게

들국화 향기가 문틈으로
스며들쯤 너의 울음소리는
새벽을 깨웠다
나는 너의 오솔길을 밝혀주는
등불이 되고 싶었다
너는 한 마리 나비가 되어
금낭화 꽃과 인연을 맺어
매실과 알밤이 매달렸다
아들아 오솔길에 아버지가
보이지 않더라도 너는
언제나 바람 불어도 꺼지지 않은
등댓불이 되어라.

미세한 안목과 지향적 자아

임 종 성
(문학평론가, 문학박사)

　무거운 짐을 운반할 때나, 집을 지을 때, 또는 먼 바다에 그물을 던져 잡은 고기를 배에 실을 때는 너무 힘겹고 벅차다. 그래서 홀로 일하기보다 여럿이 모여 함께 힘을 모아야 일이 쉬워지고 성과도 높아진다.

　그러나 개인적 창작은 혼자 하지 않을 수 없다. 공동창작이 없지 않으나 그것은 매우 예외적이다. 헤르만 헤세는 [홀로]라는 시에서 속삭인다. "인생의 길은 말을 타고 가든, 자동차로 가든, 둘이나 셋이서 갈 수 있다. 그러나 마지막 한 걸음만은 혼자서 걸어가야 한다."고 말했다.

　시 창작은 홀로 있을 수 있는 능력(the capacity to be alone)으로만 가능하다. 그것은 혼자라는 고독한 시간에 쓰는 힘든 고뇌의 산물이다. 이러한 화두에 결부시켜 최봉섭 시인의 첫 시집 『그 후로 오랫동안』의 내면을 깊이 읽어보기로 한다.

겨우내 웅크리고 있던
고양이의 꾸부정한
허리를 펴는 소리를 듣고 봄이 온다.
얼음이 녹아서 자갈
굴러가는 소리 듣고 온다.
처마 끝에 달린 고드름
떨어지는 소리 듣고 온다.
산새들 노랫소리 듣고
봄이 온다.

　　　　　　　　　　　　　－ [봄이 오는 소리] 전문

　워즈워드는 그의 [시학]에서 "봄철의 숲 속에서 솟아나는 힘은 인간에게 도덕상의 악과 선에 대하여 어떠한 현자보다도 더 많은 것을 가르쳐 준다"고 했다. 화자는 봄이 오는 소리를 미세한 감각으로 듣고 있다. 이러한 봄은 희망이나 기다림과 다르지 않다.

　봄은 〈고양이의 구부정한/허리를 펴는 소리〉나 〈얼음이 녹아서 자갈/굴러가는 소리〉로 온다. 이렇게 오는 봄은 넘치는 탄력의 샘이다. 봄이 와서 눈을 들어 바라보면 동백꽃이 먼저 선연히 드러난다.

찬바람이 너의 온몸을
파고들어야 꽃을 피우고
싶은 매혹을 느낀다.
손가락 끝에 꽃망울이
하나 둘 맺히고
아침 햇살은 너를 붉게
물들인다.

꽃이 활짝 웃는다.
바람은 달콤한 시간을
보낸다.
시간은 꽃송이를 툭
떨어뜨리고 땅 위에서는
새로운 꽃이 핀다.

                   – [동백꽃] 전문

  화자는 아침 햇살이 붉게 꽃을 물들이는 장면을 들추어낸
다. 〈꽃이 활짝 웃는다./바람은 달콤한 시간을/보낸다.〉는
풍경은 아주 밝고 싱그럽다. 〈아침 햇살은 너를 붉게 물들인
다.〉에서 감지되듯 시간은 정지되지 않고 운동성이 가미되
어 있다.

  이러한 꽃의 유전자에는 장수나 무한, 영원 같은 말이 깃
들어 있지 않다. 오직 순간이 있을 뿐, 꽃은 피자마자 죽는
다. 그래서 오래된 꽃은 없다.

강변 자갈 사이로 홀씨가 움트던 날
스치는 바람도 날리는 잎사귀도
숨을 죽였다
가뭄에 타는 듯한 목마름에도
인내하며 강한 돌풍에도 꺾이지 않고
오직 혼자였다
인고의 나날 속에
꽃망울을 터트리던 날
당신 미소와 향기가 온 들에 퍼지고
꽃잎이 떨어져도 당신을 사랑하며

당신의 일생을 내 마음 속에 묻고 싶다.
– [들국화1] 전문

동백꽃에 비해 들국화는 소박하고 수수한 이상을 자아내는 꽃이다. 그것은 강인한 생명력을 지속하며 〈가뭄에 타는 듯한 목마름에도/인내하며 강한 돌풍에도 꺾이지 않고/오직 혼자〉 향기를 빚는다. 화자는 꽃잎과 당신을 동일시하고 있어 〈꽃잎이 떨어져도 당신을 사랑하며〉, 〈당신의 일생을 내 마음 속에 묻고 싶다〉고 전해 준다.

그런데 사물이나 풍경의 대상은 대부분 사진이라는 매체에 옮겨져 실상이나 흔적이 여실히 드러난다.

책꽂이에 꽂혀 있는 낡은 사진첩에는
나와 모든 사람이 살고 있다
사진첩을 넘길 때마다 내 기억들이
걸어 나오고 사라진 얼굴도 살아 있다.
가슴 저미도록 보고 싶은 부모님
살아 계시는 듯하다
유년시절 염소 우는 소리 들리고
외출할 때 대문 앞에 먼저 나와
기다리던 아롱이 그리고 틈만 나면
새장 문을 열고 탈출하던 앵돌이
내 마음속에서는 아직 살아 있다
빛바랜 사진은 지난날을
살아나게 한다.
– [사진감상] 전문

사진첩을 넘기면 〈내 기억들이/걸어 나오고 사라진 얼굴도 살아 있다〉는 것을 실감할 수 있도록 현재만이 아니라 유년시절의 기억까지 모두 회상시켜 준다. 그래서 빛바랜 사진은 지난날을 되살아나게 하는 것이다. 화자는 강을 서둘러 천천히 바라본다.

> 강 건너 초원이 그들을
> 부른다.
> 마라 강이 앞을
> 가로막고 있다
> 그들은 풀냄새에 이끌려
> 마침내 물을
> 건너기로 하였다
> 강 깊은 곳에는 태곳적
> 괴물이 살고 있다
> 그들은 강둑에서
> 강을 바라본다.
> 생의 가장 긴 시간이
> 흐른다.
>
> — [마라강의 누 떼] 전문

공자는 강물의 흐름을 보고 무상한 인간의 생명과 존재를 발견했다. 강은 세류가 있는가 하면, 급류도 있고 또 대하도 있다. 맑은 물과 탁류가 있기 마련이다. 화자는 〈생의 가장 긴 시간이/흐른다.〉에 드러나듯 유구히 흐르는 강에서 생의 단면을 보고 있다.

겨울이면 어머님은 얼음 구멍으로

냇가에서 손빨래를 하시고
여름에는 멍석 위에서 저녁을 먹고
그 자리에 누워 밤하늘의 별을
세곤 하였지요.
유년의 시절이 파도처럼
밀려옵니다.
자식들을 위해 일만 하시다가
일찍 하늘나라로 떠나신 것이
못내 가슴 아픕니다
생전에 어머님 모습이 들꽃으로
피어납니다.
내가 가는 그날도
들꽃은 피겠지요.

― [어머니] 전문

흔히 어머니는 주택에 비유되기도 한다. 주택은 어머니의 신체 대용물로써 언제까지나 사람이 동경하는 편안한 생활 공간이다. 〈바람이 세차게 불고 모래성이 무너졌다〉 [거미줄]은 현실에서도 어머니는 누구에게나 가장 소중한 영혼의 고향이다.

화자는 〈자식들을 위해 일만 하시다가/일찍 하늘로 떠나신 것이/못내 아픕니다.〉에 나타나듯 순편하고 자연스럽게 입안에 감도는 말이 어디 있는가. 들꽃을 닮은 어머니는 수수하고 어질고 정겹다. 그런데 누이도 여성이라는 의미에서 어머니와 비슷한 모습을 보여 준다.

꽃나무를 심어 가꾸려다
가시에 찔리는 아픔도 있었고
들꽃 같은 삶을 향하다가
흔들림도 있었다.
터널이 길게 느껴지는 것은
끝이 보인다는 것이고
슬픔이 사라진다는 것은
기쁨이 가까워진다는 것이다.
꽃 속에 숨겨진 하얀 미소는
잔잔한 유혹이었고
가시 속에 가려진 꽃잎은
빨간 장미였다
당신의 따뜻한 미소가
꽃 속에 가려진다 해도
오랫동안 내 가슴에
하얀 꽃으로 피어났으면 좋겠다.

– [숙이의 미소] 전문

대체로 무례한 사람들은 때때로 웃지만, 결코 미소하지
않는다. 그러나 예의 바른 사람들은 때때로 미소하지만 요
란하게 웃지 않는다. 화자는 숙이의 미소를 맞아 〈터널이
길게 느껴지는 것은/끝이 보인다는 것〉을 굳이 믿고 있다.
요란한 웃음보다는 따스한 미소가 더 진실에 가까운 것이
아닌가 한다. 이러한 미소는 소박하고 정겨운 질그릇을 연
상시켜 준다.

언제나 끊이지 않는
너의 숨결에는

가슴 가득
태곳적 어둠이 깃들어 있다
결코 밝히지 못하는 비밀을 안고
네 발자국은 육중한 맵시를 다독인다.
한껏 밀어도 꿈적 않는
너의 육신은
(중략)
납작 엎드린 너의 어깨에
나른한 정적이 배어 들면
외로운 남자들의 그리움이 피어난다.
애틋하게 누군가를 기다리는
너의 눈빛이 늘
쓸쓸한 네 허리로 흘러내린다.
너의 외면하지 못하는
나의 오랜 갈망으로
오롯이 탁자 위에 앉아 있다.

― [항아리] 부분

대체로 남편은 두레박, 아내는 항아리로 비유한다. 두레박이 물을 길어 항아리에 채우듯이 남편이 밖에서 돈을 벌어 집에 가지고 오면 아내는 그것을 잘 모으고 간직한다는 말이다. 이러한 항아리의 모습은 질박하다.〈납작 엎드린 너의 어깨에/나른한 정적이 배어 들면/외로운 남자들의 그리움이 피어난다.〉에 드러난 항아리는 꾸밈없는 내면을 지니고 있다. 행간마다 애틋한 그리움이 깃들어 있어 어머니와 누이의 모습을 연상시켜준다. 어머니와 누이는 활달히 큰길보다는 한적하고 조용한 오솔길에 가깝다.

이른 새벽길을 닭 울음 밟고 걷습니다.
아무도 없는 외로운 오솔길이
나를 따라 걷습니다.
그도 그럴 것이 당신이 없는 길이
당신 대신 길동무 하며
침묵으로 속 이야기로 나눕니다.
풀잎들이 수화로 노래하고
내 발자국에 또 씨앗을 뿌리는
바람 길을 걷습니다.
당신 없는 새벽길 그 속에
오솔길은 수많은 사람을 불러오기에
나는 오솔길이 되고 싶습니다.

― [오솔길] 전문

길들 가운데 가장 정겨운 길은 오솔길이 아닌가 한다. 그
것은 생의 의미를 반추하는 서정적 인 길로 〈풀잎들이 수화
로 노래하고/내 발자국에 또 씨앗을 뿌리는/바람 길〉이며
〈낮은 곳으로 가는 것을 /물방울에게서 배웠다〉[가시나무]는
내면의 길이다.

최봉섭 시인의 첫 시집 『그 후로 오랫동안』에는 낡고 생
경하고 무거운 관념을 지우고, 순간마다 움터 생기 넘치는
감각적 심상이 유입되어 삶에 대한 미세한 안목과 전망적
시야가 깃들어 있다. 그리고 사유와 정서의 진폭을 깊이 넓
혀 서정시의 의미 공간이 형성되고 있으며 전면적 진실과
섬세한 심미적 감성, 미적 진지성이 다분히 담겨 있다.